HÉSIODE ÉDITIONS

JACQUES BOULENGER

Les Enfances de Lancelot

Hésiode éditions

© Hésiode éditions.

1 rue Honoré - 93500 Pantin.
ISBN 978-2-493135-96-4
Dépôt légal : Octobre 2022

Impression Books on Demand GmbH

In de Tarpen 42
22848 Norderstedt, Allemagne

Les Enfances de Lancelot

I

En la marche de Gaule et de Petite Bretagne, il y avait anciennement deux rois qui étaient frères germains et qui avaient épousé les deux sœurs germaines. L'un avait nom Ban de Benoïc et l'autre Bohor de Gannes. Le roi Ban était alors un assez vieil homme ; mais la reine Hélène, sa femme, était encore jeune et vaillante dame, bien aimée des bonnes gens. Ils n'avaient eu qu'un seul enfant, nommé Galaad en baptême, mais qu'on appela toujours Lancelot : le conte dira plus loin pourquoi, car ce n'en est encore le lieu ni le moment.

Le roi Ban avait pour ennemi mortel son voisin Claudas, roi de la Terre Déserte, qui était bon chevalier et sage, mais traître, et qui lui faisait rude guerre. Or le roi Artus se trouvait empêché de secourir Ban de Benoïc, parce qu'il était alors occupé à combattre ses barons en Bretagne la grande. Au contraire Claudas avait rendu hommage à l'empereur de Rome, lequel lui avait envoyé des troupes : et par ce moyen il s'était emparé de toutes les villes et de toute la terre du roi Ban, hormis le château de Trèbe, où il le tenait assiégé. Si bien que le roi Ban se voyait en grand péril d'être pris par famine ou autrement.

Quand la mi-août fut venue, il dit à la reine sa femme :

– Dame, savez-vous à quoi j'ai songé ? C'est d'aller moi-même demander aide au roi Artus et lui remontrer comment je suis déshérité : il aura plus grande pitié si je me présente à sa cour en personne que si je lui envoie un messager. Préparez-vous donc, car vous viendrez avec moi, et nous n'emmènerons que mon fils et un écuyer. Prenez tout ce que j'ai céans d'or, de joyaux et de vaisselle. Ce château est si fort que je ne crains guère qu'avant mon retour il ne soit emporté d'assaut, mais nul ne se peut garder de trahison.

Le reine approuva le projet de son seigneur. Et, tandis qu'elle préparait le bagage, le roi fut trouver son sénéchal auquel il confia sa forteresse en le priant de la garder comme le cœur de sa poitrine. Puis il choisit pour lui servir d'écuyer celui de ses valets auquel il se fiait le plus ; et, quand le moment fut venu, trois heures avant l'aube, il sortit secrètement par un ponceau de bois, après avoir recommandé à Dieu son sénéchal et ses gens. Car sachez que le château n'était assiégé que d'un côté, étant de l'autre défendu par des marais tellement vastes et profonds que Claudas n'avait pu l'entourer. Le roi Ban s'en fut donc par une très étroite chaussée qui courait à travers les eaux et qui était longue de deux bonnes lieues pour le moins. Sa femme était montée sur un grand palefroi amblant, très doux. L'écuyer, qui était preux et de grand service, portait l'enfant dans un berceau, sur un coussin, et l'écu du roi. Un garçon à pied menait en main le destrier et tenait la lance. Un autre garçon conduisait un sommier chargé de joyaux, de vaisselle, de deniers et des bagages. Enfin le roi lui-même, coiffé de son heaume, vêtu de son haubert et de ses chausses de fer, ceint de son épée, couvert de son manteau de pluie, chevauchait sur un bon palefroi bien éprouvé.

En cet équipage, la petite troupe traversa le marais et entra dans la forêt voisine qui était la plus grande de toutes celles de la Gaule et de la Petite Bretagne, car elle avait bien dix lieues galloises de long et six ou sept de large. Au centre était un lac qu'on nommait le lac de Diane. Cette Diane, qui fut reine de Sicile et qui régna au temps de Virgile, le bon auteur, était la dame du monde qui aimait le plus à courir les bois, et elle chassait tout le jour : aussi les païens qui vivaient en ce temps-là l'appelaient la déesse des bois, tant ils étaient fols et mécréants. Le roi, qui connaissait bien le lac de Diane, résolut de faire reposer là la reine et ses gens jusqu'au jour. Cependant, il entreprit de gravir une colline voisine pour apercevoir encore une fois, au lever de l'aube, son château qu'il aimait plus que chose au monde. Mais le conte laisse un peu de parler de lui et revient à Aleaume, son sénéchal.

II

À peine le roi Ban s'était-il éloigné, le sénéchal fit demander un sauf-conduit à Claudas. Celui-ci le lui accorda volontiers, car il voyait bien qu'il ne prendrait jamais le château que par ruse ou accord. Et quand Aleaume fut devant Claudas, il lui dit qu'il l'aiderait à s'emparer de la place s'il voulait lui promettre de le récompenser.

— Ah ! sénéchal, dit Claudas, quel malheur que vous soyez à un seigneur tel que le vôtre, de qui nul bien ne vous peut venir ! J'ai tant ouï parler de vous, qu'il n'est chose que je ne fisse si vous vouliez venir avec moi. Je vous donnerais ce royaume et vous le tiendriez sous ma souveraineté. Tandis que, si je vous prends de force, il me faudra vous faire souffrir, car j'ai juré sur les saints que je ne ferai de captif en cette guerre qui ne soit tué ou emprisonné pour le reste de ses jours.

Il parla ainsi quelque temps et le sénéchal finit par lui promettre de l'aider de tout son pouvoir, pourvu qu'en retour Claudas le fît roi de Benoïc. Et quand Claudas eut juré sur les reliques, le sénéchal lui apprit le départ du roi Ban.

— Sire, ajouta-t-il, je laisserai en rentrant les portes décloses et je dirai que nous avons bonne trêve ; nos gens l'apprendront volontiers et ils iront se dévêtir et se reposer, car ils ont souffert assez de fatigues et de peines en ces derniers temps.

Ce qu'il fit ; mais un chevalier nommé Banin, qui était filleul du roi Ban et qui faisait le guet, chaque nuit, tout armé, le vit rentrer et lui demanda d'où il venait et pour quelle besogne il était sorti à pareille heure.

— Je viens, dit le traître, de voir Claudas pour recevoir de lui la trêve qu'il octroie au roi mon seigneur et le vôtre.

En entendant cela, Banin frémit de tout le corps.

– Sénéchal, fit-il, qui veut loyalement agir ne va pas à pareille heure demander trêve à l'ennemi mortel de son seigneur.

– Comment ? me tenez-vous pour déloyal ?

Banin n'osa répliquer : le sénéchal était le plus fort et pouvait le faire tuer. Mais il se hâta de monter dans une tourelle pour guetter et il ne tarda pas à voir vingt chevaliers ennemis, bientôt suivis de vingt autres, et ainsi de suite, qui gravissaient silencieusement la butte du château. Aussitôt il descendit les degrés en criant de toutes ses forces :

– Trahison ! Trahison !

À ce cri, les gens de la garnison sortirent de leurs logis et coururent aux armes en toute hâte, mais avant même qu'ils eussent pu prendre leurs hauberts, déjà les chevaliers de Claudas passaient la première porte. Le sénéchal sortit à son tour, faisant semblant d'être tout surpris de l'aventure et regrettant hautement son seigneur. Mais il n'eut guère le temps de lamenter, car Banin qui passait lui courut sus en criant :

– Ah ! félon, meurtrier ! vous avez trahi votre seigneur lige qui du néant vous avait élevé à ce rang et vous lui avez ôté l'espoir de recouvrer sa terre ! Mais vous irez où est Judas qui vendit Celui qui était venu en ce monde pour le sauver !

Et ce disant, d'un seul coup il lui fit voler la tête ; puis, voyant que les chevaliers de Claudas arrivaient dans le petit château, il courut de toutes ses forces au donjon dont il leva le pont en grande hâte ; et là, avec les trois sergents qui gardaient la tour, et dont l'un lui avait ouvert la porte, il se prépara à faire bonne défense.

Maintenant toute la forteresse était aux mains de Claudas, hors la tour, et des bâtiments commençaient de flamber, au grand courroux du roi qui ne savait lequel de ses hommes y avait mis le feu. Banin et les trois sergents repoussèrent tous les assauts pendant quatre jours. Le cinquième, le roi fit dresser une perrière, mais elle eut beau battre le donjon à coups de pierres, les murs résistèrent et jamais les assiégés n'eussent été pris s'ils avaient eu de quoi boire et manger. Malheureusement, ils ne tardèrent pas à manquer de vivres. Une nuit, ils capturèrent une hulotte dans un trou, et ils s'en réjouirent fort, car les coups de la perrière sur les murs en avaient chassé tous les oiseaux. Mais enfin le moment vint où il fallut penser à se rendre. Chaque jour, le roi Claudas, qu'émerveillait la prouesse de Banin, lui criait :

– Rends-toi, Banin ! Tu ne peux plus tenir ! Je te donnerai château, armes et les moyens d'aller où tu voudras, s'il ne te plait de rester avec moi, car, pour la grande prouesse et la loyauté qui sont en toi, je t'aime plus que chevalier que j'aie connu.

– Sire, répondit enfin Banin, j'ai pris conseil de mes compagnons, et nous avons décidé de vous livrer la tour. Mais vous nous donnerez quatre bons chevaux et nous laisserez aller à notre guise.

Sur-le-champ, Claudas fit apporter les reliques et jura ce que voulait Banin. Ainsi entra-t-il dans le donjon et se trouva maître de toute la terre de Benoïc. Mais le conte retourne maintenant au roi Ban dont il s'est tu depuis quelque temps.

III

Quand celui-ci, monté sur son palefroi, parvint au sommet de la colline, le jour était tout à fait clair. Le roi considéra au loin les murs blancs de sa forteresse, et le donjon, et les fossés. Et tout à coup il vit une fumée monter, puis des étincelles jaillir, puis des bâtiments flamber, et le feu voler d'un lieu à l'autre, et une flamme hideuse s'élever vers le ciel rougeoyant et faire luire les marais et les champs alentour.

Ainsi le roi Ban regardait brûler le château qui était tout son réconfort, où il avait mis tout son espoir de recouvrer un jour sa terre. À cette vue, il lui parut que nulle chose dans le siècle ne lui était plus de rien, et il se sentit tout vain et tout brisé. Son fils, petit, ne lui pouvait encore aider. Et sa femme, jeune dame comme elle était, élevée à grand luxe, et de si haute liguée, descendant tout droit du roi David ! Il fallait maintenant que l'enfant et la reine sortissent de France et qu'ils souffrissent douleur et pauvreté, et que lui-même, vieux, besogneux, usât le reste de son âge dans la peine, lui qui avait tant aimé la gaieté et les joyeuses compagnies dans sa jeunesse !

Le roi Ban réfléchissait ainsi. Il mit ses mains devant ses yeux, et un si grand chagrin le poignit et l'oppressa, que, ne pouvant verser des larmes, son cœur l'étouffa et qu'il se pâma. Il chut de son palefroi si durement que pour un peu il se fût brisé le col. Le sang vermeil lui sortit de la bouche, du nez et des deux oreilles. Et quand il revint à lui après un longtemps, il regarda le ciel et prononça comme il put :

– Ha, sire Dieu, merci ! Je vous rends grâce, doux Père, de ce qu'il vous plaît que je finisse indigent et besogneux, car vous aussi, vous avez souffert la pauvreté. Sire, vous qui de votre sang me vîntes racheter, ne perdez pas en moi l'âme que vous y mîtes, mais secourez-moi, car je vois et sais que ma fin est arrivée. Beau Sire, prenez pitié de ma femme Hélène, conseillez la déconseillée qui descend du haut lignage que vous avez établi au royaume aventureux ! Et qu'il vous souvienne de mon chétif fils, Sire, qui est si jeune orphelin, car c'est vous seul qui pouvez soutenir ceux qui n'ont plus de pères !

Ayant dit ces paroles, le roi Ban battit sa coulpe et pleura ses péchés. Puis il arracha trois brins d'herbe au nom de la Sainte Trinité. Et son âme se serra si fort en songeant à sa femme et à son fils, que ses yeux se troublèrent, ses veines rompirent, et son cœur creva dans sa poitrine. Il tomba mort, les mains en croix, le visage tourné vers le ciel et la tête dirigée vers l'Orient.

IV

Cependant, la reine attendait son seigneur au pied de la colline. Elle avait pris son enfant dans ses bras et disait, en le baisant plus de cent fois :

– Certes, si tu peux vivre assez pour atteindre l'âge de vingt ans, tu seras le non-pareil, le plus beau des beaux. Que béni soit Dieu qui m'a donné une créature si belle !

À ce moment, elle vit le palefroi de son seigneur qui descendait la colline au trot, car la chute du roi l'avait effrayé. Surprise, elle commanda à l'écuyer de le prendre et de se hâter de gravir la colline. Et bientôt elle entendit le grand cri que poussa le valet quand il trouva le roi gisant, tout froid mort. Troublée, elle posa son fils sur l'herbe et se mit à courir vers le sommet du coteau.

D'abord qu'elle vit le valet à genoux auprès du corps de son seigneur, elle tomba pâmée, puis elle commença de gémir, regrettant les grandes prouesses et la débonnaireté du roi, appelant la mort trop tardive à son gré ; et cependant elle tirait ses beaux et blonds cheveux, tordait ses bras, égratignait son tendre visage si cruellement que le sang vermeil lui coulait sur les joues, et poussait de tels cris que la colline et le val alentour en retentissaient, tant qu'à la fin la voix lui manqua. Et comme elle lamentait ainsi, il lui ressouvint tout à coup de son fils, qu'elle avait imprudemment abandonné au bord du lac, et elle se reprit soudain à courir comme femme affolée vers le lieu où elle l'avait laissé. La peur l'étreignait si fort que le pied lui manqua et qu'elle tomba rudement plus d'une fois, au point d'en rester étourdie. Mais, lorsqu'elle arriva au bas de la colline, tout échevelée et déchirée, elle vit son fils hors du berceau, qu'une demoiselle tenait en son giron et serrait tendrement contre ses seins, tout nu et démailloté, quoique la matinée fût froide et le soleil haut. Et l'étrangère donnait des baisers menus sur les yeux et la bouche du petit, en quoi elle n'avait point tort, car c'était le plus bel enfant du monde.

– Douce amie, s'écria la reine du plus loin qu'elle la vit, pour Dieu laissez l'enfant ! Désormais il n'aura plus que peine et deuil, car il est orphelin. Son père est mort, et il a perdu sa terre qui n'eût été petite si Notre Sire la lui eût gardée.

Mais la demoiselle ne répondit mot. Et quand elle vit la reine approcher, elle se leva, l'enfant dans les bras, s'avança au bord du lac, et, les pieds joints, s'élança sous les eaux.

À cette vue, la mère tomba pâmée, et quand elle reprit ses sens et qu'elle ne trouva plus son fils ni la demoiselle, peu s'en fallut qu'elle ne désespérât : elle voulut se jeter dans le lac, et assurément elle l'eût fait si les valets ne l'eussent retenue. Une abbesse qui passait non loin de là avec deux de ses nonnes, son chapelain, un frère convers et deux écuyers, entendit le grand deuil que menait la reine et, tout émue de pitié, elle accourut vers le lieu d'où partaient ces déchirantes plaintes :

– Ha, dame, dit-elle, Dieu vous donne joie ! Mais, ajouta-t-elle en s'approchant, n'êtes-vous pas madame la reine ?

– Je suis la reine aux grandes douleurs ! répondit la mère.

Et elle conta ses malheurs : comment son seigneur était mort sur la colline en voyant l'incendie de Trèbe, et comment son fils, qui était la rose de tous les enfants du monde, avait été emporté par un diable sous la semblance d'une demoiselle.

– Par Dieu et sur votre âme, dit-elle en terminant, je vous requiers de me recevoir pour nonne, car je n'ai plus rien à faire dans le siècle ; et si vous refusez, je m'en irai, comme chétive et égarée, en cette forêt sauvage où je perdrai mon âme avec mon corps.

L'abbesse dut consentir. Les belles tresses de la reine furent tranchées, et elle reçut le voile. Voyant cela, les valets furent si touchés qu'ils déclarèrent qu'ils ne voulaient quitter leur dame et ils devinrent frères convers. Avec l'or, les joyaux et la vaisselle que portait le sommier, elle fit bâtir une abbaye au lieu même où le roi était mort et où il fut enterré. Elle vint y loger avec deux nonnains, deux chapelains et deux convers ; et tous les matins, après avoir ouï la messe qu'on chantait pour son seigneur, elle se rendait sur le bord du lac, à l'endroit même où elle avait perdu son fils, et disait trois fois son psautier et les prières qu'elle savait, en pleurant de tout son cœur.

V

Cependant, deux jours après la mort du roi Ban, son frère le roi Bohor expira à son tour, de chagrin autant que de maladie. Il laissait deux beaux enfants, mais de bien petit âge : Lionel qui n'avait que vingt et un mois, et l'autre, nommé Bohor comme son père, qui n'en avait que neuf. Aussi Claudas n'eut-il pas de peine à conquérir le royaume de Gannes.

La reine, femme du roi Bohor, dut fuir. Un chevalier nommé Pharien eut grand'pitié d'elle : il vint lui offrir de garder ses enfants et de les élever secrètement. Quand elle comprit que le seul moyen de les sauver était de se séparer d'eux ainsi, elle mena un deuil comme jamais on n'en vit de pareil ; mais il lui fallut se résigner. Elle se retira dans l'abbaye de la reine Hélène, sa sœur, où, ayant pris le voile, elle se vit à l'abri des entreprises de Claudas. Et toutes deux eurent leur peine un peu allégée de se trouver ensemble à plaindre leurs grandes douleurs et à en offrir le sacrifice à Notre Seigneur.

Pharien garda les enfants dans sa maison et les nourrit durant quelques années sans dire à personne quels ils étaient, hormis à sa femme qui était très belle et bien disante. Or, à cause de la grande beauté qu'elle avait, Claudas s'éprit de la dame, et, pour l'amour d'elle, il fit Pharien sénéchal du royaume de Gannes et lui donna beaucoup de bonnes terres et de rentes. Mais à la fin celui-ci découvrit tout.

S'il en fut chagrin, il ne faut pas le demander : il n'aimait rien tant que sa femme épousée. Un jour, après avoir fait semblant de s'éloigner pour quelque affaire, il revint de nuit et trouva Claudas avec elle ; mais le roi sauta par une fenêtre et s'échappa.

Le lendemain, Pharien eut peur que Claudas ne le fît tuer ; aussi vint-il le trouver, et lui dit :

– Sire, je suis votre homme lige et vous me devez justice. Un de vos chevaliers me trahit avec ma femme, et je l'ai surpris une fois.

– Quel est ce chevalier ?

– Sire, je ne sais, car ma femme ne le veut nommer ; mais elle m'a dit qu'il est des vôtres. Donnez-moi conseil comme mon seigneur.

– Certes, fit Claudas pour l'éprouver, à votre place je tuerais ce traître.

Pharien ne dit mot et le roi crut qu'il ne savait rien, dont il fut rassuré. Mais le sénéchal revint à son château, et là, il enferma sa femme dans une tour, sans autre compagnie que d'une vieille qui lui apportait à boire et à manger.

Un soir, la dame trouva moyen de parler par une fenêtre à un valet qui était de ses cousins, et le chargea d'aller avertir le roi de ce qu'elle souffrait. Claudas envoya aussitôt un écuyer dire à Pharien qu'il viendrait dîner chez lui. Il fallut bien que le sénéchal fît sortir sa femme de la tour pour recevoir son seigneur. Il lui commanda de s'habiller richement, puis il alla au-devant du roi et lui fit fête.

Mais, après le dîner, la dame révéla au roi, pour se venger, que son mari gardait depuis plus de trois ans, dans un de ses châteaux, les fils du roi Bohor de Gannes. À sa grande surprise, Claudas ne s'en courrouça nullement.

– Rendez-moi les enfants, dit-il seulement au sénéchal ; je vous jurerai sur les reliques que je les garderai sains et saufs, et que je leur restituerai leur héritage, quand ils seront en âge d'être chevaliers, et aussi le royaume de Benoïc qui doit être leur, puisque j'ai ouï dire que le fils du roi Ban est mort. Il est grand temps que je pense à sauver mon âme. Aussi bien, je n'ai dépouillé leur père que parce qu'il ne voulait me rendre hommage : ses enfants seront mes hommes liges.

Et il fit apporter les saints et jura devant tous ses barons que jamais les fils de Bohor n'auraient nul mal de par lui, mais qu'il leur conserverait leur terre jusqu'à ce qu'ils fussent capables de la tenir. Après quoi il les remit en garde à Pharien et à un neveu de celui-ci, nommé Lambègue. Seulement, peu après, il les fit enfermer tous quatre en la tour de Gannes.

VI

Tel était le roi Claudas. C'était le plus inquiet, le plus secret et le plus retors prince du monde, le moins généreux aussi : jamais il ne fit un cadeau que lorsqu'il n'y avait pas moyen d'agir autrement. Ses façons étaient fières ; il était de haute taille, le visage large et foncé, les sourcils velus, les yeux noirs et écartés, le nez court, retroussé, la barbe et les cheveux mi noirs, mi roux, le cou gros, la bouche grande, les dents blanches et coupantes, d'ailleurs aussi bien fait des épaules, des pieds et de tout le corps qu'on pouvait le souhaiter.

Il se levait et mangeait de grand matin, ne jouait guère aux échecs, aux tables et autres jeux de prud'hommes, mais il aimait d'aller à la chasse et de voler en rivière, au faucon plutôt qu'à l'autour. Il partait ainsi pour chasser deux ou trois jours, toujours à l'improviste. Il ne chevauchait guère que sur de grands chevaux de bataille, même en voyage, ou tout au moins faisait-il mener un destrier auprès de lui, aussi bien en paix qu'en guerre. Son caractère était ensemble bon et mauvais. Ce qu'il préférait, c'était un prud'homme qui fut pauvre : jamais il ne crut qu'un riche pût être prud'homme. Il détestait ceux qui avaient plus de puissance que lui et n'aimait que ses inférieurs. Il allait volontiers à l'église, mais ne faisait aux indigents que de petites aumônes. Et il ne fut jamais amoureux qu'une fois dans sa vie :

– C'est, disait-il, que le cœur d'un chevalier qui aime désire sans cesse de surpasser tout le monde, mais nul corps, pour valeureux qu'il soit, ne pourrait accomplir sans mourir les rêves du cœur. Certes, si la force du corps était capable de réaliser ce que souhaite le cœur, j'aimerais d'amour toute ma vie, et je passerais en prouesse tous les prud'hommes. Car je sais bien que nul ne peut être tout à fait preux s'il n'aime très loyalement, et je me connais assez pour savoir que j'aimerais plus loyalement que tous les amoureux.

Ainsi parlait Claudas dans le privé, et il disait vrai car, au temps de ses amours, il avait été loué en maintes terres pour sa chevalerie. Mais le conte laisse ici de parler de lui et récite ce qui advint du petit Lancelot.

VII

La demoiselle qui l'avait emporté était fée. En ce temps-là, on appelait fées toutes les femmes qui s'entendaient aux enchantements, et il y en avait plus en Bretagne qu'en toute autre terre. Elles savaient la vertu des paroles, des pierres et des herbes, et par là elles se maintenaient en jeunesse, beauté et richesse à leur volonté. Et tout cela fut établi au temps de Merlin, le prophète aux Anglais, qui eut toute science, et qui fut tant honoré et redouté des Bretons qu'ils l'appelaient leur saint prophète, et la menue gent disait même dieu.

Merlin fut engendré en femme par un diable incube, et pour cela il fut appelé l'enfant sans père. Ces diables sont très chauds et luxurieux. Quand ils étaient anges, ils étaient beaux et plaisants au point qu'à se regarder seulement ils parvenaient au suprême bonheur des sens. Après qu'ils eurent chu avec leur maître, ils continuèrent de s'adonner à la luxure qu'ils connaissaient déjà dans les hautes demeures.

À l'âge de douze ans, Merlin fut amené à Uter Pendragon ; puis il aida au roi Artus, à qui il fit établir la Table ronde, comme il est conté dans son histoire. Et la demoiselle qui emporta Lancelot dans le lac fut justement cette Viviane qu'il aima si fort, à laquelle il apprit ses enchantements, et qui l'endormit et l'enserra par nigromance dans la prison d'air.

Si la Dame du Lac fut tendre pour Lancelot, il ne le faut pas demander : l'eût-elle porté dans son ventre, elle ne l'aurait pu garder plus doucement. Et le lac où elle avait semblé se jeter avec lui n'était qu'un enchantement que Merlin naguère avait fait pour elle : à l'endroit où l'eau paraissait justement le plus profonde, il y avait de belles et riches maisons, à côté desquelles courait une rivière très poissonneuse ; mais la semblance d'un lac recouvrait tout cela.

La Dame n'était pas seule en ces lieux : elle y avait avec elle des chevaliers, dames et demoiselles, et elle donna à Lancelot une bonne nourrice. Mais nul ne savait le nom de l'enfant : les uns l'appelaient Beau Trouvé, les autres Fils de Roi : lui, il croyait que la Dame du Lac était sa mère. Et il grandit et devint si beau valet qu'à trois ans il en paraissait cinq.

À cet âge, il eut un maître qui l'enseigna et lui montra à se comporter en gentilhomme. Dès qu'il fut possible, on lui donna un petit arc et des flèches qu'il décochait sur les menus oiseaux ; puis, quand il fut plus grand, on lui renforça ses armes, et il visa les lièvres et les perdrix. Il eut un cheval aussitôt qu'il put chevaucher, sur lequel il se promenait aux environs du lac, toujours bien accompagné de valets et de gentilshommes, et il semblait le plus noble d'eux tous : aussi l'était-il. Enfin, il apprit les échecs, les tables et tous les jeux avec une facilité remarquable, tant il était doué d'esprit : adolescent, nul n'aurait su lui remontrer là-dessus. Et voici son portrait pour ceux qui aiment à entendre parler de beauté d'enfant.

Son teint était clair-brun : sur son visage, la couleur vermeille se mariait agréablement à la blanche et à la brune, et toutes trois se tempéraient l'une par l'autre. Il avait la bouche petite, les lèvres rouges et bien faites, les dents blanches, menues et serrées. Son menton était bien formé, creusé d'une petite fossette ; son nez un peu aquilin ; ses yeux bleus, mais changeants : riants et pleins de joie quand il était content, mais, quand il était irrité, semblables à des charbons ardents : en ce cas, ses pommettes se tachetaient de gouttes de sang, il fronçait le nez, serrait les dents tant qu'elles grinçaient et l'on eût cru que son haleine fut vermeille, puis sa voix sonnait comme l'appel d'une trompette, enfin il dépeçait tout ce qu'il avait aux mains ou aux dents ; aussi bien il oubliait tout, sauf le motif de sa colère, et il y parut assez en mainte affaire.

Il avait le front haut, les sourcils fins et serrés et ses cheveux souples demeurèrent blonds et luisants tant qu'il fut enfant : plus tard, ils foncèrent et devinrent cendrés, mais ils restèrent ondulés et lustrés. Pour son cou, ni trop grêle ni trop long, ni trop court, il n'eût pas déparé la plus belle dame. Et de ses épaules, larges et hautes comme il convient, pendaient des bras longs, droits, bien fournis d'os, de nerfs et de muscles. Si les doigts eussent été un peu plus menus, ses mains eussent convenu à une femme. Quant aux reins et aux hanches, quel chevalier les eut mieux faits ? Ses cuisses et ses jambes étaient droites, et ses pieds cambrés, en sorte que personne jamais n'eut de meilleurs aplombs. Seule, sa poitrine était peut-être un peu trop profonde et ample, et beaucoup jugeaient que, si elle l'eût été moins, on n'en aurait pris que plus de plaisir à le regarder ; mais la reine Guenièvre, plus tard, accoutumait de dire que Notre Sire la lui avait faite telle pour qu'elle fût à la mesure de son cœur qui eût étouffé en toute autre, et qu'au reste, eût-elle été Dieu, elle n'aurait mis en Lancelot rien de plus et rien de moins que ce qui s'y trouvait.

Lorsqu'il voulait, il chantait à merveille, mais ce n'était pas souvent, car nul ne montra jamais moins que lui de joie sans cause. D'ailleurs, s'il avait quelque raison de liesse, on ne pouvait être plus joli et enjoué ; et il disait parfois que, quand il était dans ses grandes gaietés, il n'était rien de ce que son cœur osait rêver que son corps ne pût mener à bien, tant il se fiait en la joie pour lui faire surmonter les pires travaux. En l'entendant parler si fièrement, beaucoup de gens l'auraient accusé d'outrecuidance et de vantardise ; mais non : ce qu'il en disait, c'était pour la grande assurance qu'il tirait de celle dont tout bonheur, justement, lui venait.

Tel fut Lancelot, et si son corps était bien fait, son cœur ne l'était pas moins. Car il était l'enfant le plus doux et le plus débonnaire ; mais un félon, il savait au besoin le passer en félonie. Sa largesse était non pareille : il donnait aussi volontiers qu'il acceptait. Il honorait les gentilshommes, pourtant il ne fit jamais mauvais visage à personne sans bonne raison. D'ailleurs, quand il se courrouçait, ce n'était chose facile que de l'apaiser. Et il était de sens si clair et droit, qu'après qu'il eut passé dix ans, son maître même n'eût su le détourner de faire une chose qu'il jugeait bonne et raisonnable.

VIII

Un jour, chassant un chevreuil, son maître et lui distancèrent leurs compagnons moins bien montés. Puis le cheval du maître broncha et tomba avec son cavalier sans que l'enfant, emporté à poursuivre la proie, s'en aperçut seulement. Enfin il tua la bête d'une flèche. Il descend, attache le chevreuil en trousse, prend son chien en travers de sa selle ; et, comme il retournait vers ses compagnons inquiets de lui, il rencontra un homme à pied, un beau valet de première barbe, qui menait en main son cheval las et recru, vêtu d'une modeste cotte, ses éperons tout rougis du sang de son roussin épuisé. Voyant l'enfant, le valet baissa la tête, comme honteux ; mais Lancelot lui demanda qui il était et où il allait.

– Beau sire, dit le valet, que Dieu vous donne honneur ! Je suis assez pauvre et le serai plus encore, si Notre Sire ne me protège autrement qu'il a fait jusqu'à présent. Je suis gentilhomme de père et de mère, et je n'en souffre que davantage, car, si j'étais vilain, je serais habitué aux tourments et mon cœur endurerait plus aisément ses ennuis.

– Comment, fit Lancelot, vous êtes gentilhomme et vous pleurez pour une mauvaise fortune ! Sauf perte d'ami ou honte ineffaçable, nul cœur haut ne se doit émouvoir, car toute chose se peut réparer.

Émerveillé d'entendre un si jeune enfant prononcer ces hautes paroles, le valet répondit :

– Je ne pleure, beau sire, pour perte d'ami ni de terre. Mais je suis ajourné à la cour du roi Claudas par un traître qui a occis un mien parent en son lit pour sa femme. Hier soir, il m'a fait assaillir dans la forêt : mon cheval fut blessé à mort sous moi ; il m'a toutefois porté assez pour que je puisse m'échapper. Mais comment ne serais-je pas dolent puisqu'il me sera impossible de me présenter au jour fixé en la maison du roi Claudas pour soutenir mon droit, et qu'il faudra donc que je m'en revienne honni ?

– Dites-moi : si vous aviez un bon cheval, arriveriez-vous encore à temps ?

– Oui, sire, très bien, et me fallût-il même faire à pied le tiers du chemin.

– En nom Dieu, vous ne serez honni faute d'un cheval tant que j'en posséderai un, ni vous ni aucun autre gentilhomme !

Ce disant, Lancelot descend, baille sa monture au valet, met son chien en laisse et, plaçant sa venaison sur le roussin blessé, s'éloigne en le chassant devant lui.

IX

Il n'avait guère marché lorsqu'il croisa un vavasseur monté sur un palefroi, une verge à la main, qui tenait en laisse un braque et deux lévriers. L'homme était d'âge : sitôt qu'il le vit, l'enfant le salua.

– Que Dieu vous donne amendement, mon enfant ! D'où êtes-vous ? demanda le vavasseur.

– Sire, de l'autre pays.

– Qui que vous soyez, vous êtes beau et bien enseigné. Et d'où venez-vous ?

– Sire, de chasser, comme vous voyez. Si vous daignez prendre de ma venaison, elle sera bien employée.

– Grand merci, beau doux ami, je ne refuse point, car vous avez fait votre offre de bon cœur et j'ai grand besoin de gibier. J'ai aujourd'hui marié ma fille et j'étais allé chasser pour avoir de quoi réjouir ceux qui sont venus aux noces. Mais je n'ai rien tué.

Le vavasseur descendit et demanda à Lancelot quelle part du chevreuil, il pouvait emporter.

– Sire, fit l'enfant, êtes-vous chevalier ?

– Oui.

– Alors, prenez tout. Ma venaison ne saurait être mieux employée qu'aux noces de la fille d'un chevalier.

Le vavasseur troussa le chevreuil en croupe et invita l'enfant à venir souper et s'héberger chez lui. Mais Lancelot répondit que ses compagnons n'étaient pas loin. Et le vavasseur le quitta après l'avoir recommandé à Dieu.

Tout en s'éloignant, il ne pouvait s'empêcher de se demander quel était ce beau damoisel dont la ressemblance avec le roi de Benoïc l'avait frappé. N'y tenant plus, il revint sur ses pas à grande allure de son palefroi, et n'eut point de peine à rejoindre Lancelot qui allait à pied.

– Beau doux enfant, ne me pouvez-vous dire qui vous êtes ? Vous ressemblez bien fort à un mien seigneur, le plus prud'homme qui fût.

– Et quel était ce prud'homme à qui je ressemble ?

– Le roi Ban de Benoïc. Tout ce pays était à lui, et il en fut déshérité à tort par le roi Claudas de la Terre Déserte. Son fils a disparu. Si c'est vous, pour Dieu faites-le moi savoir ! Je vous garderai et défendrai mieux que moi-même.

– Fils de roi, je ne crois pas l'être, fit Lancelot, bien qu'on m'appelle parfois ainsi.

– Ami, qui que vous soyez, vous sortez d'un beau lignage. Voici deux des meilleurs lévriers qui soient au monde : prenez-en un, et que Dieu vous donne croissance et amendement !

L'enfant, ravi, accepta l'offre de bonne grâce.

– Donnez-moi le meilleur ! demanda-t-il.

Et tirant le chien par la chaîne, il s'en fut de son côté.

X

Peu après, il trouva son maître et trois de ses compagnons qui le cherchaient et qui s'étonnèrent fort de le voir revenir à pied, chassant devant lui un maigre roussin, tenant deux chiens en laisse, son arc au col, son carquois à la ceinture.

– Qu'avez-vous fait de votre cheval ? demanda le maître.

– Je l'ai perdu.

– Et celui-ci, où le prîtes-vous ?

– On me l'a donné.

– Par la foi que vous devez à madame, dites la vérité !

L'enfant, qui ne se fût parjuré légèrement, conta ce qui lui était arrivé.

– Comment ! s'écria le maître, vous avez donné votre cheval sans mon congé, et la venaison de madame ?

– Maître, dit Lancelot, ne vous fâchez pas. Ce lévrier vaut deux roussins comme celui que j'avais.

– Par la Sainte Croix, il vous en souviendra !

Et en disant ces mots, le maître frappe l'enfant d'un tel soufflet qu'il le jette à terre. Lancelot ne pleure ni ne crie, mais répète qu'il prise plus le lévrier que deux roussins. Le maître en colère cingle rudement le chien de sa verge et l'animal, qui était jeune, se met à hurler.

Furieux, Lancelot lâche les deux laisses et, arrachant son arc de son col, court sus à son maître. Celui-ci, qui le voit venir, tente de le saisir. Mais l'enfant, vite et léger comme il était, évite la prise et le frappe du tranchant de l'arc sur la tête si durement qu'il lui fend la peau et l'abat tout étourdi. Puis, fou de colère à la vue de son arc brisé, il se jette sur lui et le frappe à nouveau, jusqu'à ce qu'il ne reste plus de l'arc de quoi donner un coup. Les trois compagnons s'efforcent de s'emparer de lui ; mais il tire ses flèches et se met à les leur lancer, cherchant à les tuer, si bien qu'ils s'enfuient comme ils peuvent à travers le bois.

Alors l'enfant monte sur un de leurs chevaux, et, emportant ses deux chiens, l'un devant, l'autre en croupe, s'en va par la forêt. Et tout à coup, comme il traversait une vallée, il vit passer une harde de biches. D'instinct, il cherche son arc à son col, et, se rappelant soudain comment il l'a brisé et perdu, il se remet en rage : « Celui qui m'empêche d'avoir une de ces biches, il me le paiera cher ! songe-t-il. Avec le meilleur lévrier et le meilleur limier, je ne pouvais manquer mon coup ! » Il revient au Lac, entre dans la cour, et se rend chez sa Dame pour lui montrer son beau lévrier. Mais le maître, tout sanglant, avait déjà fait sa plainte.

– Fils de Roi, dit-elle en feignant d'être très irritée, comment m'avez-vous fait un tel outrage que de frapper et blesser celui que je vous avais baillé pour vous enseigner ?

– Dame, il n'était pas bon maître quand il m'a battu parce que j'avais bien agi. Peu m'importaient ses coups. Mais il a frappé mon lévrier, qui est des meilleurs du monde, et si durement que pour un peu il le tuait sous mes yeux, et cela parce qu'il savait que je l'aimais. Encore m'a-t-il causé un autre ennui, car il m'a privé de tuer une belle biche. Et sachez bien que partout où je le rencontrerai j'essaierai de l'occire, sauf ici.

La Dame fut bien heureuse de l'entendre si fièrement parler ; mais, feignant toujours d'être courroucée, elle reprit :

– Comment avez-vous osé donner ce qui m'appartient ?

– Dame, tant que je serai sous vos ordres et gouverné par un garçon, il me faudra garder de bien des choses. Quand je n'y voudrai plus être, je partirai. Mais, devant que je m'en aille, je veux vous dire qu'un cœur d'homme ne peut venir à honneur s'il est trop longtemps en tutelle, car il lui faut trop souvent trembler. Je ne veux plus de maître ; je dis maître, non pas seigneur ou dame. Malheureux le fils de roi qui ne peut donner de son bien hardiment !

– Pensez-vous être fils de roi, parce que je vous appelle parfois ainsi ? Vous ne l'êtes point.

– Dame, fit l'enfant en soupirant, cela me peine, car mon cœur l'oserait bien être.

Alors la Dame le prit par la main et, l'emmenant un peu à l'écart, elle le baisa sur la bouche et les yeux si tendrement qu'à la voir, nul n'eût pu croire qu'il ne fût son enfant.

– Beau fils, ne soyez point triste, lui dit-elle : je veux qu'à l'avenir vous donniez tout ce qu'il vous plaira. Et désormais vous serez sire et maître de vous-même. Quel que soit votre père, vous avez montré que vous avez le cœur d'un roi.

XI

Quelque temps après, elle appela une de ses pucelles, nommée Saraide, qui était belle, sage et courtoise, et l'envoya, après lui avoir dit ce qu'elle y aurait à faire, en la cité de Gannes.

Le roi Claudas y tenait sa cour le jour de la Madeleine, comme il avait accoutumé chaque année. Il était assis à son haut manger avec toute sa baronnie et son fils Dorin, un beau et fier valet qu'il venait d'armer chevalier, lorsque Saraide entra dans la salle, tenant deux lévriers par leurs chaînes qui étaient d'argent ; et elle dit si haut qu'elle fut bien entendue de tous :

– Roi Claudas, Dieu te sauve ! Je te salue de par la meilleure dame qui soit. Et jusqu'à ce jour elle t'a prisé plus qu'homme au monde ; mais elle a entendu dire de toi certaines choses qui lui font craindre que tu n'aies pas seulement la moitié du bon sens et de la courtoisie que l'on croyait.

– Demoiselle, soyez la bienvenue, répondit le roi en souriant, et que votre dame ait bonne aventure ! Mais peut-être lui avait-on dit plus de bien de moi qu'il n'y en a. Apprenez-moi pourtant ce que je fais mal, selon vous.

– Je vous le dirai, reprit la demoiselle. N'est-il pas vrai que vous tenez en prison les deux fils du roi Bohor de Gannes ? Ils ne sont pourtant coupables de nulle félonie, et rien n'a si grand besoin qu'un enfant de douceur et de pitié : ha ! il n'a guère de bonté celui qui se montre envieux ou mauvais envers des enfants ! Et sachez qu'il n'est pas un homme sous le ciel qui, apprenant que vous traitez ainsi les fils du roi Bohor, ne soit persuadé que vous comptez quelque jour les faire mourir, et qui pour cela ne vous haïsse de cœur. Si vous étiez courtois, ils seraient ici auprès de vous, atournés en fils de roi, et vous en auriez grand honneur, car chacun dirait que vous êtes un gentil prince, qui traite les orphelins honorablement et leur garde leur terre.

– Par Dieu, vous dites vrai, demoiselle ! répondit Claudas.

Et il donna l'ordre à son sénéchal d'aller quérir sur-le-champ les enfants et leurs maîtres, et de mener avec lui, par honneur, un cortège de chevaliers, de sergents et d'écuyers, tel qu'en doit avoir qui va chercher des fils de roi.

XII

La veille au soir justement, dans la tour, les enfants étaient assis à souper ensemble, car ils mangeaient toujours à la même écuelle, et Lionel, à son ordinaire, faisait paraître un si bel appétit que l'on s'en émerveillait. Pourtant, à le voir ainsi, Pharien, son maître, se prit tout à coup à pleurer si fort que ses larmes tombaient sur sa robe et à terre, sous la table où ils soupaient.

– Qu'est-ce, beau maître ? s'écria Lionel qui était sur l'œil et fort bien disant. Pourquoi pleurez-vous ?

– Laissez, beau sire doux, répondit Pharien, car vous ne gagneriez rien à le savoir, sinon d'être dolent et irrité.

– Par la foi que dois à l'âme du roi Bohor, mon père, je ne mangerai plus devant que je sache pourquoi vous avez pleuré, et par la foi que vous me devez, je vous conjure de me le dire !

– Sire, je pleure parce qu'il me souvient de la hautesse où votre lignage a été durant longtemps. Comment ne serais-je triste, moi qui vous vois en prison quand un autre tient sa cour où vous devriez avoir la vôtre et porte couronne en cette ville qui devrait être votre principale cité ?

Lionel avait reçu son nom parce qu'il portait sur sa poitrine une tache vermeille en forme de lion. C'était le cœur d'enfant le plus ouvert qu'on ait jamais connu ; plus tard, le jour même que le roi Artus le fit chevalier, Galehaut, le fils de la belle géante, sire des Étranges Îles, l'appela « cœur sans frein ». Quand il entendit son maître parler ainsi, l'enfant repoussa si rudement la table qu'il la renversa, et courut tout au haut de la maison où il s'assit dans l'embrasure d'une fenêtre pour réfléchir.

Pharien vint le rejoindre là au bout d'un moment.

– Sire, qu'y a-t-il ? Venez souper. Ou, au moins, faites-en semblant pour l'amour de mon seigneur votre frère, qui sans vous ne mangerait pas.

– Maître, ne suis-je votre sire, comme à Bohor mon frère, et à Lambègue ? Je vous commande à tous d'aller manger. Pour moi je ne toucherai plus ni pain ni vin avant d'avoir accompli un dessein que j'ai formé et que je ne puis dire.

– En nom Dieu, dit Pharien, je quitterai donc votre service, car puisque vous me cachez votre pensée, c'est que vous avez méfiance de moi.

Et il fit mine d'être courroucé. Mais Lionel, qui l'aimait tendrement, se mit à pleurer.

– Ha, maître, dit-il, ne partez point ! J'ai dessein de mander demain au roi Claudas qu'il nous vienne voir : alors je me vengerai de lui.

– Mais, quand vous l'aurez occis, que ferez vous ?

– Ceux de ce pays, qui sont tous mes hommes, me protégeront selon leur pouvoir ; d'ailleurs, Dieu qui conseille les déconseillés y pourvoira. Et si je meurs pour conquérir mon droit, la mort sera bienvenue, car mieux vaut périr avec honneur que vivre honni et déshérité en ce monde.

– Beau sire, dit Pharien, on ne peut entreprendre une telle chose à la légère. Attendez que Dieu vous ait donné plus de force que vous n'en avez encore : quand le moment de vous venger sera venu, alors je vous aiderai de tout mon pouvoir, car sachez que je n'aimerais pas mon propre enfant plus que vous.

Il l'exhorta longuement de la sorte, et Lionel finit par promettre d'attendre encore, mais pourvu qu'il ne vît point Claudas. Ainsi passèrent-ils la nuit. Et ni ce soir-là, ni le jour suivant, l'enfant ne voulut rompre le jeûne. Il s'étendit sur un lit, disant qu'il était souffrant, et Pharien en pleurait de pitié. Bohor n'eût jamais consenti à manger si son frère ne le lui eût commandé, mais son maître Lambègue, le neveu de Pharien, ne lui faisait rien prendre qu'à grand'peine. Et c'est à ce moment que le sénéchal de Claudas vint à grand honneur chercher les deux enfants.

S'agenouillant devant Lionel, il dit son message, et l'enfant feignit d'en être joyeux ; puis, priant le sénéchal d'attendre un moment, il passa dans la chambre voisine où il commanda à son chambellan de lui apporter un grand couteau qu'on lui avait donné. Mais, au moment qu'il le cachait sous sa robe, Pharien entra pour voir ce qu'il faisait et le lui arracha des mains.

– Puisqu'il en est ainsi, je ne mettrai pas les pieds dehors, dit l'enfant, et je vois bien que vous me détestez, car vous m'ôtez ce qui faisait mon bonheur.

– Mais tout le monde s'apercevra que vous portez ce couteau ! Laissez-le moi prendre : je le cacherai mieux que vous.

– Jurez donc que vous me le baillerez à l'instant que je vous le demanderai.

– Voire, si vous me jurez que vous n'en ferez rien qui me chagrine.

– Je ne ferai nulle chose dont je puisse être blâmé.

– Ce n'est pas ce que je dis.

– Beau maître, gardez donc le couteau pour vous-même, car vous pourriez en avoir besoin.

XIII

Les deux enfants montés sur leurs palefrois, leurs maîtres en croupe, s'en furent au palais en grand cortège. Le menu peuple sortait à leur passage pour les voir et priait pour le salut de ses droits seigneurs. Au palais, il ne manqua point de gens pour les aider à descendre. Et quand ils entrèrent dans la salle, tous deux beaux et tels que doivent être des gentilshommes de haut parage, la tête haute, le regard fier et la main dans la main, beaucoup de chevaliers du royaume de Gannes, qui avaient appartenu à leur père, ne purent s'empêcher de pleurer de pitié.

Le roi était assis à son haut manger, sur un riche fauteuil, dans la robe de son sacre ; devant lui, sur un support d'argent, à hauteur d'homme, sa couronne et son sceptre d'or et de pierreries ; sur un autre, une épée droite, tranchante et claire. Assurément il eût paru prud'homme et fier à merveille, s'il n'eût eu le visage cruel et félon.

Il fit bel accueil aux fils du roi Bohor et, appelant Lionel dont il admirait fort les manières et la contenance, il lui tendit sa coupe en l'invitant à boire. Mais l'enfant ne le voyait même pas : il n'avait d'yeux que pour l'épée luisante. Alors la pucelle Saraide s'avança et, lui posant les mains sur les joues, elle lui tourna doucement la tête vers la coupe ; puis après l'avoir couronné, ainsi que son frère, d'un chapel de fleurs nouvelles et odorantes, elle leur passa au cou, à chacun, un petit fermail d'or et de pierreries.

– Buvez maintenant, beau fils de roi, dit-elle à Lionel.

– Demoiselle, je boirai, répondit-il, mais un autre paiera le vin !

Sur ce, il prend la coupe.

– Brise-la ! Jette-la à terre ! lui crie son frère.

Mais il la hausse à deux mains et en frappe Claudas de toute sa force en plein visage, si rudement qu'il lui ouvre le front ; puis, renversant le sceptre et l'épée, il saisit la couronne, la jette sur le pavé, l'écrase du talon, en fait voler les pierres.

Voilà tout le palais en rumeur. Dorin s'élance au secours de son père gisant, tout couvert de vin et de sang ; les barons se lèvent, les uns pour se jeter sur les enfants, les autres pour les défendre. Lionel a ramassé l'épée, Bohor le sceptre, et tous deux s'en escriment à deux mains de toute leur force ; mais ils n'auraient pu durer contre tant de gens, si la vertu des fleurs que la demoiselle leur avait données n'eût empêché qu'aucune arme ne les pût blesser au sang, et celle des fermails, que nul coup ne leur pût rompre les membres. Tous deux gagnaient vers la porte sous la conduite de Saraide, lorsque Dorin, les voyant fuir, se précipite sur eux ; mais Lionel hausse l'épée, lui tranche le poing gauche qu'il a levé pour se protéger et lui coupe la joue et le col à moitié ; Bohor en même temps lui ouvre la tête d'un coup de sceptre ; et Dorin tombe mort. À cette vue, le roi, qui avait grand courage, saisit l'épée d'un de ses chevaliers, entoure son bras gauche de son manteau, et court sus aux enfants sans se soucier d'exposer sa propre vie entre tant de gens dont beaucoup le haïssaient. À le voir venir ainsi, terrible, Saraide demeure un instant étonnée, mais elle se ressaisit juste à temps pour jeter un enchantement qui donne aux enfants la semblance de ses deux lévriers et aux chiens la leur, et dans le même instant elle se jette au-devant du roi, dont l'épée la blesse au sourcil ; elle en porta la cicatrice toute sa vie.

– Ha, roi Claudas, crie-t-elle, j'ai chèrement payé ma venue en votre cour ! Vous m'avez blessée et vous voulez tuer mes lévriers, qui sont les plus beaux du monde !

Le roi regarde : il croit voir les deux enfants s'enfuir ; mais c'étaient les chiens qui se sauvaient, effrayés du tumulte. Il les poursuit, lève son armé pour les frapper au moment qu'ils vont passer la porte, mais ils la franchissent si lestement que l'épée s'abat vainement sur le linteau et vole en pièces.

– Dieu soit loué ! dit-il en regardant le tronçon qui lui restait aux mains. Si j'eusse tué de ma main les fils de Bohor, on me l'eût reproché éternellement, et j'en eusse été honni.

Lors il fit saisir ce qu'il croyait être les petits princes et les remit en garde à ceux de ses gens en qui il se fiait le plus. Et s'il pleura ensuite la mort de son fils, il ne faut pas le demander. Mais Pharien et Lambègue n'étaient pas moins dolents que lui, car ils ne doutaient guère que leurs jeunes seigneurs, qu'ils croyaient pris, ne fussent sous peu livrés à la mort.

XIV

Cependant la demoiselle du Lac, menant en laisse ceux que chacun tenait pour des lévriers, gagnait un bois proche où elle avait laissé ses écuyers. Et quand ceux-ci la virent revenir blessée au visage, ils furent bien ébahis. Ils la pansèrent d'un simple linge, comme elle le leur commanda. Puis elle plaça le lévrier Lionel sur son palefroi, devant elle ; un de ses gens se chargea de Bohor ; et la petite troupe chevaucha à grande allure, par les plus droits chemins. Elle ne s'arrêta qu'à la nuit pour héberger. Alors Saraide défit son enchantement : en voyant paraître deux beaux enfants à la place des chiens, ses gens n'en pouvaient croire leurs yeux.

– N'avons-nous pas pris un bon gibier ? leur demanda-t-elle.

– Certes la proie est bonne et belle ! Mais qui sont ces beaux enfants ?

Elle ne voulut point le leur apprendre. Et si Lionel et Bohor furent choyés cette nuit-là, on le laisse à penser.

– N'ayez crainte, mes enfants, leur disait Saraide : vos maîtres n'auront point de mal, et ils seront bientôt auprès de vous.

Mais, à la vérité, du moment qu'elle tenait les fils de roi, peu lui souciait du reste.

Au matin, elle se remit en route avec ses gens, et, après avoir longtemps chevauché, elle parvint enfin au Lac. Et lorsque la Dame vit les enfants de Bohor, elle fut plus joyeuse qu'on ne saurait dire. Quant à Lancelot, il ne tarda pas à les préférer à tous ses compagnons, bien qu'il ignorât qu'ils fussent ses parents ; et, dès le premier jour, les trois cousins germains mangèrent à la même écuelle et reposèrent dans le même lit.

XV

En apprenant que Claudas avait emprisonné leurs droits seigneurs, beaucoup de chevaliers du pays de Gannes et des bourgeois de la ville avaient couru aux armes sous la conduite de Pharien et de Lambègue. Claudas cependant ne songeait qu'à plaindre la mort de son enfant.

– Beau très doux fils, disait-il en gémissant, beau chevalier preux sans mesure, si vous eussiez vécu, nul ne vous eût égalé, car vous aviez plus que personne les trois qualités par où un homme brille dans le siècle : débonnaireté, largesse et fierté. Et je ne vous aimais pas tant parce que vous étiez mon fils qu'en raison de la grande valeur qui était en vous.

Pour l'amour de vous, j'avais amendé mes anciennes façons, et moi qui jamais ne fus généreux, je l'étais devenu. Ha ! certes, je n'attendais plus que ma propre prouesse me valût aucune nouvelle conquête ; mais par votre grand courage ne m'eussiez-vous mis au-dessus de tous, vous qui passiez tout le monde comme l'or les métaux et le rubis les pierres ? Nulle force n'existe en comparaison de celle de Dieu ; aussi convient-il de souffrir ce qu'il nous envoie. Hélas ! je m'émerveille de sentir mon cœur battre encore !

Cependant que Claudas lamentait ainsi, il entendit le grand tumulte que faisaient devant son palais les chevaliers et les bourgeois de Gannes, auxquels s'étaient joints beaucoup des barons de Benoïc, anciens sujets du roi Ban. Il n'avait avec lui que peu de gens de sa terre de la Déserte pour le défendre. Mais il jeta un haubert sur son dos, laça son heaume, pendit son écu à son col, ceignit son épée et prit une hache au fer tranchant et au manche renforcé, car il était l'homme du monde qui savait le mieux s'en escrimer dans la mêlée ; puis il se fit voir à une fenêtre de son palais.

– Pharien, cria-t-il, que voulez-vous, vous et ces gens ?

– Sire, nous voulons que vous nous rendiez nos droits seigneurs, les fils au roi Bohor, à qui vous aviez juré de restituer ce royaume sous votre suzeraineté.

– Chacun fasse donc du mieux qu'il pourra, car ils ne seront rendus devant que force m'en soit faite.

Aussitôt les arcs, les arbalètes et les frondes de commencer leur jeu, et les flèches, les carreaux et les pierres de voler en pluie sur le palais. Quand Claudas s'aperçut que ceux du dehors se préparaient à mettre le feu à la porte, il se fit ouvrir et, accompagné des siens, il sortit à pied, la hache au poing, dont il commença de frapper à si grands coups que les assaillants reculèrent.

À le voir ainsi mettre à mal ses compagnons, Lambègue sentait la colère le gagner. Tout à coup, il fait amener son destrier, l'enfourche, et armé de toutes armes, heaume en tête, lance sur feutre, il charge Claudas à bride abattue. Il le frappe si rudement de son fer qu'il lui traverse l'épaule ; mais son cheval emporté par son élan vient heurter le mur de la tête et tombe mort, tandis que lui-même, tout étourdi du choc, demeure étendu à côté de sa monture. Cependant Claudas, le tronçon de la lance dans l'épaule, perdant son sang, s'adosse à la muraille, sous une pluie de pierres et de flèches, et bientôt si affaisse sur les genoux. Déjà Lambègue, relevé et ranimé, lui courait sus l'épée à la main pour l'achever, lorsque Pharien l'arrêta par le bras :

– Beau neveu, qu'allez-vous faire ? Voulez-vous tuer l'un des meilleurs chevaliers et des plus braves princes de ce temps ?

– Comment, traître que vous êtes, prétendez-vous sauver celui qui vous a jadis honni et qui veut occire les fils de notre seigneur le roi Bohor ? Certes vous n'avez qu'un vieux et mauvais cœur au ventre !

– Taisez-vous, beau neveu, reprit Pharien. Quelque méfait qu'il ait commis, on ne doit poursuivre la mort ou le déshonneur de son seigneur à moins de lui avoir loyalement repris sa foi. À celui-ci j'ai fait hommage, je suis son homme : mon devoir est de le garantir de mort et de toute honte selon mes forces. Je ne cherche que le salut des enfants du roi Bohor, parce qu'ils sont les fils de mon ancien seigneur, et pour l'amour d'eux.

Claudas l'entendait : il se mit à crier, comme celui qui a grand peur pour sa vie :

– Beau doux ami, merci ! Voici mon épée : je vous la rends comme au plus loyal chevalier qui soit. Et je vous livrerai les enfants. Sachez que, les eussé-je même tenus dans ma cité de Bourges, ils n'auraient eu aucun mal de moi.

Ce mot finit la mêlée. Pharien fit retirer les combattants des deux parts et entra dans le palais avec Claudas, qui s'évanouit. Mais ses gens se hâtèrent de lui ôter son heaume et de l'arroser d'eau froide, si bien qu'il reprit ses sens ; puis les médecins lui bandèrent et soignèrent ses plaies comme ils savent faire, et il souffrit tout de grand courage,

Cependant, la nuit était venue, et au moment même où Saraide désenchantait Lionel et Bohor bien loin de là, les deux lévriers qui en avaient la semblance reprenaient leur forme première dans le palais de Claudas, au grand ébahissement de tout le monde et du roi lui même. Lorsqu'il vit tout à coup deux chiens à la place des princes qu'on venait d'amener, Pharien sentit une telle angoisse en son cœur que pour un peu il en fût mort.

— Ha ! sire Claudas, s'écria-t-il, vous aviez juré de me rendre les fils du roi Bohor, et vous me baillez ces lévriers

— Hélas ! répondit le roi, ce sont les deux lévriers que la demoiselle amena devant moi tantôt, et je vois bien qu'elle a enlevé les enfants par enchantement ! Beau doux ami, ne m'accusez pas : je suis prêt à me rendre votre prisonnier sur parole et à vous servir d'otage jusqu'à ce que vous ayez nouvelles croyables de Lionel et de Bohor, Mais jurez sur votre foi de me garantir jusque-là.

Pharien hésitait, car il craignait de ne pouvoir protéger le roi contre son neveu Lambègue qui le haïssait à mort, ni peut-être contre les gens de Gannes et de Benoïc qui ne l'aimaient guère, et il pensait que, s'il arrivait malheur à Claudas après qu'il l'aurait pris sous sa garde, il en serait déshonoré à jamais. Aussi voulut-il consulter les barons avant de s'engager, et il fut sur la place leur soumettre le cas. Il faisait nuit, mais on avait allumé tant de torches et de lanternes qu'on y voyait comme en plein jour.

— Comment, bel oncle, s'écria Lambègue après que Pharien eut parlé, vous voulez prendre sous votre garde le traître qui a tué nos seigneurs liges et qui jadis vous a tant méfait à vous-même ? Si le peuple savait ce que je sais, vous ne seriez certes pas écouté !

— Beau neveu, que tu aies si peu de raison, je n'en suis pas surpris : grand sens et grande prouesse ne font pas bon ménage, à l'âge que tu as. Toutefois, afin que tu voies un peu plus clair au miroir de sagesse, je t'enseignerai ceci : à la bataille, n'attends personne et pique des éperons le premier pour accomplir, si tu peux, un beau coup ; mais au conseil, tant que tu seras jeune, garde de faire entendre tes avis avant que tes anciens aient parlé ; ces prud'hommes qui m'entourent savent mieux que toi où est raison. Je ne vois parmi eux nul baron qui n'ait rendu à Claudas, de bon gré ou de force, foi et hommage à mains jointes, et qui ne doive par conséquent garder le corps du roi et en défendre la vie comme la sienne propre. Car il n'est plus laide déloyauté que d'occire son seigneur. Si le suzerain a commis quelque méfait envers son homme, celui-ci doit le citer devant les barons à quarante jours ; et au cas où il ne pourrait le rappeler au droit, alors, qu'il dénonce son hommage, mais publiquement, devant ses pairs, et non pas en secret. Encore n'a-t-il pas pour autant le droit de le tuer, car qui répand le sang de son seigneur est traître et parjure et meurtrier et foi mentie, à moins qu'il n'en ait eu meurtre ou félonie. Seigneurs, si vous voulez jurer que Claudas n'aura rien à redouter de vous, quoiqu'il ait forfait, je le prendrai en ma garde et baillie. Si non, chacun agisse de son mieux ! Pour moi, je sais ce que je ferai. Ores me dites ce que vous décidez.

Les chevaliers de Gannes, après s'être consultés, se rangèrent à l'avis de Pharien et jurèrent sur les saints de respecter la vie de son prisonnier. Mais Lambègue s'était éloigné, afin de ne pas faire le serment. Et quand il vit entrer Claudas accompagné de son oncle dans la tour où logeaient naguère les enfants, il n'y put tenir, et sautant sur un épieu qui se trouvait là, accroché à un ratelier, il en frappa le roi en pleine poitrine, d'une telle force qu'il lui faussa son haubert et que Claudas affaibli par ses blessures tomba sur le sol. Aussitôt, Pharien dégaine l'épée que son prisonnier lui avait rendue et qu'il tenait à la main : d'un seul coup il fend le heaume de son neveu et lui déchire la joue, en criant :

– Ha ! vous êtes mort, traître ! Certes vous m'avez déshonoré et me ferez tenir pour félon !

Il se préparait à redoubler sur Lambègue gisant, lorsque sa femme courut se jeter entre eux en le suppliant d'épargner la jeunesse de son neveu.

– Tuez-moi plutôt, lui dit-elle, car il ne mourra pas sans moi devant mes yeux.

Alors Pharien songea que jamais dans le passé il n'avait rien eu à lui reprocher, et, prenant pitié de son parent, il lui pardonna l'insulte qu'il en avait reçue et il commanda à sa femme de le soigner. Mais ici le conte se tait de lui et de Lambègue, et parle des enfants qui sont en compagnie de Lancelot, leur cousin, auprès de la Dame du Lac.

XVI

Trois jours après leur arrivée au Lac, Lionel et Bohor étaient en fort mauvais point, et à leur trouver si piètre mine, les yeux rouges et enflés, les joues creuses, la Dame s'inquiéta. Mais elle les interrogeait en vain : ils ne lui osaient rien dire. Au seul Lancelot, qu'elle pria de s'en enquérir, ils avouèrent la vérité : c'est qu'ils ne pouvaient s'habituer à vivre loin de leurs maîtres.

– En nom Dieu, leur dit-elle quand elle sut ce qu'ils avaient, vous n'aurez point mal longtemps : j'enverrai chercher Pharien et Lambègue cette nuit. Mangez donc, réconfortez vous, afin que vos maîtres ne supposent pas, à vous voir si maigres, qu'on vous a laissé mourir de faim céans.

– Dame, dit Lionel, nous mangerons autant que vous voudrez si vous jurez sur votre foi que vous enverrez cette nuit même.

La Dame le leur jura en riant, et sur-le-champ elle appela une de ses demoiselles, non pas Saraide, mais une autre, à qui elle commanda d'aller à Gannes et d'en ramener Pharien et Lambègue, mais si secrètement et par des chemins si détournés que personne ne pût savoir où ils étaient allés. Et Lionel donna à la messagère sa ceinture et celle de son frère, afin qu'elle pût se faire reconnaître.

Accompagnée de deux valets, elle chevaucha en toute hâte vers la cité de Gannes, et grande fut la joie des deux maîtres quand ils surent d'elle que leurs seigneurs étaient sains et saufs et hors du pouvoir de Claudas. Ils s'empressèrent de rendre au roi sa parole et sa liberté ; puis ils se mirent en route sous la conduite de la demoiselle.

Le soir tombait quand ils arrivèrent à l'orée de la forêt de Brocéliande et il faisait déjà nuit lorsqu'ils parvinrent au Lac. En voyant la pucelle les mener droit à cette eau profonde et noire, ils s'émerveillèrent. Néanmoins, comme ils y croyaient entrer avec elle, le lac disparut et ils se trouvèrent devant la porte du château. Et il ne faut pas demander si les enfants eurent joie à revoir leurs maîtres : ils les embrassèrent plus de cent fois.

Sur ces entrefaites, Lancelot arriva pour le manger, car il avait passé sa journée dans les bois. La Dame n'aurait jamais consenti à dîner ni à souper, s'il n'avait tranché du premier mets et versé à boire ; après quoi elle lui permettait de s'asseoir. Il entra dans la salle, coiffé d'une couronne de roses vermeilles. Et l'on était pourtant au mois d'août, qui n'est plus le temps des roses ; mais le conte affirme que, tant qu'il demeura au Lac, été comme hiver, il ne se réveilla pas une fois sans trouver un chapelet de roses fraîches à son chevet, hors les vendredis et veilles des grandes fêtes, et durant le carême. Jamais il ne put apercevoir qui lui apportait les fleurs, bien qu'il eût souvent fait le guet. Et chaque matin, depuis l'arrivée des deux enfants, il faisait trois couronnes de ses roses, pour eux et pour lui.

Le premier qui l'aperçut fut Bohor, qui était assis sur les genoux de son maître. L'enfant courut à lui et lui dit joyeusement :

– Sire, voyez-ci mon maître qui est venu !

Puis la Dame se leva devant lui, et tous ceux qui étaient la firent de même l'un après l'autre, car ils lui portaient très grand honneur. Après quoi on vint aux tables pour manger, et quand Lancelot eut fait son service pour sa Dame, il s'assit et tout le monde ensuite, car nul n'eût été si hardi que de prendre place avant lui, non pas même les deux fils de roi.

XVII

Le lendemain, au matin, après avoir entendu la messe, tous s'en furent en promenade dans les bois, bien escortés de chevaliers, d'écuyers et de sergents.

Lancelot chevauchait à côté de sa Dame, accompagné d'un valet qui portait son arc et ses flèches. Une petite épée, à sa mesure, était pendue à l'arçon de sa selle, et il avait toujours quelque javelot à la main, qu'il lançait aux bêtes et aux oiseaux plus adroitement que personne.

Alors Pharien dit à la Dame du Lac :

– Pour Dieu, Dame, gardez bien ces deux enfants, car ils sont les fils du plus prud'homme et loyal chevalier qui ait jamais été, hormis son frère germain le roi Ban. Et quoiqu'ils soient de haute naissance par leur père, ils sont encore de bien meilleure souche par leur mère. Elle descend du grand roi David, en effet, et c'est par un chevalier né de ce lignage que la Bretagne doit être délivrée des merveilleuses aventures qui y adviennent présentement. Si vous pensez ne les pouvoir mettre à l'abri de leurs ennemis, Dame, donnez-les nous : nous nous enfuirons, et, s'il plaît à Dieu, ils recouvreront leur héritage, car, si tôt qu'ils pourront porter les armes, il ne se trouvera pas un homme au royaume de Gannes qui ne risque pour eux son corps et ses biens.

Lionel, en entendant ces mots, sentit de grosses et chaudes larmes lui sortir des yeux.

– Qu'avez-vous, Lionel ? lui demanda Lancelot.

– Je pense à la terre de mon père, que je voudrais bien recouvrer.

– Fi ! beau cousin, ne pleurez point par crainte de manquer de terre. Vous en gagnerez si vous avez du cœur. Songez à être assez preux pour conquérir votre bien par prouesse et par vigueur.

Tout le monde admira qu'un enfant put tenir des discours si hauts ; mais la Dame s'étonna surtout de l'avoir entendu appeler Lionel : beau cousin. Elle assura à Pharien qu'elle saurait garder en sûreté les fils du roi Bohor et le pria de rester auprès d'eux, au Lac, avec Lambègue, mais de ne jamais tenter de savoir qui elle était. Puis, quand on fut sur le retour, prenant Lancelot à part :

– Beau Trouvé, lui dit-elle, comment eûtes vous la hardiesse d'appeler Lionel : cousin ?

– Dame, répondit Lancelot tout honteux, le mot me vint à la bouche par hasard, et je l'ai prononcé sans y prêter attention.

– Mais dites-moi : qui donc croyez-vous qui soit meilleur gentilhomme, de vous ou de lui ?

– Je ne sais si je suis gentilhomme de naissance ; mais, par la foi que je vous dois, je ne daignerais pas m'émouvoir de ce dont je l'ai vu pleurer ! Si d'un homme et d'une femme est issue toute la race humaine, je ne vois qu'une noblesse : c'est celle que l'on conquiert par prouesse. Et si le grand cœur faisait les gentilshommes, je croirais être l'un des mieux nés.

– Beau fils, on le verra. Mais croyez que ce n'est que le défaut de cœur qui pourrait vous faire perdre votre noblesse.

– Soyez bénie de Dieu, Dame, pour me l'avoir dit, car je ne souhaitais rien de plus que d'être gentilhomme.

Par de telles paroles, Lancelot ravissait le cœur de sa Dame, et, si n'eût été le grand désir qu'elle avait de son bien, rien ne l'eût peinée davantage que de le voir grandir et approcher du temps où il deviendrait chevalier et où il lui conviendrait de partir pour chercher des aventures aux pays lointains. Alors Lionel lui resterait ; mais il s'en irait à son tour. Et Bohor aussi la quitterait…

XVIII

Longtemps les enfants vécurent ainsi, ensemble, sous la garde de la Dame du Lac et des deux maîtres. Et il advint enfin que le bon Pharien mourut. Sa femme expira à son tour. Et leurs fils, Anguis et Taran, reçurent plus tard la chevalerie de Lionel lui-même et furent merveilleusement preux.

Quant aux deux sœurs, les reines de Benoïc et de Gannes, elles menèrent la plus pieuse vie du monde dans l'abbaye où elles étaient nonnes. La reine Hélène, mère de Lancelot, avait beau se livrer à toutes les pénitences, elle demeurait grasse et blanche et vermeille et en si bon point que les étrangers ne pouvaient croire qu'elle menât une si dure vie. En revanche, sa sœur, la reine Evaine, était si maigre, si pâle, si faible, que l'on craignait à toute heure du jour qu'elle ne perdit le souffle.

Elle priait sans cesse Dieu qu'il lui fût donné de revoir ses fils avant de mourir. Une nuit, elle eut un songe : elle se crut dans un jardin où deux beaux enfants en escortaient un troisième de plus grande apparence encore ; et quand elle se réveilla, elle trouva gravés dans sa main droite les trois noms de Lionel, Bohor et Lancelot. Alors elle comprit que Notre Sire l'avait exaucée et qu'elle allait mourir. Au matin, elle fit appeler sa sœur, lui conta comment elle avait vu Lancelot avec ses deux fils, et expira. Telle fut sa fin.

XIX

Jusqu'à dix-huit ans, Lancelot demeura en la garde de la Dame du Lac. Et elle aurait bien voulu le retenir davantage, tant elle l'aimait. Mais elle savait qu'elle commettrait ainsi un péché mortel, aussi grave que celui de trahison, puisqu'il avait l'âge de recevoir la chevalerie.

Un jour, peu après la Pentecôte, il tua à la chasse le plus grand cerf qu'il eût jamais vu, et qui se trouva aussi gras que si l'on eût été en août. Il l'envoya sur-le-champ à sa Dame par deux valets ; mais lui-même il demeura tout le jour, tant il faisait chaud, étendu sur l'herbe à l'ombre d'un chêne. Vers le soir, il monta sur son cheval de chasse pour s'en revenir. Il avait l'air d'un vrai homme des bois, vêtu qu'il était d'une courte cotte verte, couronné de feuillages et son carquois à sa ceinture, car il ne s'en séparait jamais, mais il faisait porter son arc par un de ses valets. À le voir si beau, la Dame sentit l'eau du cœur lui monter aux yeux. Et quand il entra dans la salle, elle se cacha la figure dans les mains, et, au lieu de l'accoler et de le baiser comme elle faisait toujours, elle s'enfuit dans la grande chambre. Lancelot la suivit : il la trouva étendue sur un lit, qui pleurait.

– Ha ! Dame, qu'avez-vous ? lui dit-il. Si l'on vous a fait quelque chagrin, contez-le moi, car je ne souffrirai point que nul vous peine, moi vivant.

Mais la Dame sanglotait si fort qu'elle ne pouvait parler.

– Fils de Roi, éloignez-vous, dit-elle pourtant, ou vous verrez mon cœur me quitter.

– Je pars donc, puisque ma présence vous chagrine si fort.

Sur ce, il sort, prend son arc, le pend à son cou, ceint son carquois, selle son cheval, et déjà il le tirait dans la cour, lorsque celle qui l'aimait plus que tout accourut, essuyant son visage et ses yeux rouges et gonflés, et saisit le cheval par la bride :

– Vassal, s'écria-t-elle, où voulez-vous aller ?

– Dame, en un lieu où je me puisse consoler.

– Où ? Dites-le par la foi que vous me devez.

– À la cour du roi Artus, servir quelque prud'homme jusqu'à ce qu'il me fasse chevalier.

– Ha ! beau Fils de Roi, désirez-vous tant d°être chevalier ?

– Certes, Dame ! c'est la chose du monde à laquelle j'aspire le plus.

– Si vous saviez quels grands devoirs impose la chevalerie, vous ne l'oseriez souhaiter.

– Et pourquoi, Dame ? Surpassent-ils donc le cœur et la force d'un homme ?

– Oui, quelquefois : Notre Sire Dieu a fait les uns plus vaillants que les autres, plus preux et plus courtois.

– Dame, il serait bien timide celui qui n'oserait recevoir la chevalerie. Car chacun, s'il ne peut avoir les vertus du corps, peut du moins posséder celles du cœur. Les premières, comme la grandeur, la force, la beauté, l'homme les apporte en sortant du ventre de sa mère. Mais la courtoisie, la sagesse, la débonnaireté, la loyauté, la prouesse, la générosité, la hardiesse, c'est la paresse qui empêche qu'on ne les possède, car elles dépendent de la volonté. Et je vous ai souvent oui dire que c'est le cœur qui fait un prud'homme.

Alors la Dame du Lac prit Lancelot par la main et l'emmena dans sa chambre ; et là, après l'avoir fait asseoir, elle lui dit :

– Les premiers chevaliers ne le furent point à cause de leur naissance, car tous nous descendons de même père et de même mère. Mais quand Envie et Convoitise commencèrent de grandir dans le monde, alors les faibles établirent au-dessus d'eux des défenseurs pour maintenir le droit et les protéger.

« À cet office, on choisit les grands, les forts, les beaux, les loyaux, les hardis, les preux. Et nul, en ce temps-là, n'eût été si osé que de monter à cheval avant d'avoir reçu la chevalerie. Mais elle n'était pas donnée pour le plaisir. On demandait aux chevaliers d'être débonnaires sauf envers les félons, pitoyables pour les souffreteux, prêts à secourir les besogneux et à confondre les voleurs et les meurtriers, bons juges sans amour ni haine. Et ils devaient protéger Sainte Église et celui qui tend la joue gauche à qui lui a frappé la droite.

« Car leurs armes ne leur ont pas été données sans raison. L'écu qui pend au col du chevalier et le garantit par-devant signifie qu'il se doit mettre entre Sainte Église et ses assaillants, et recevoir les coups pour elle comme un fils pour sa mère. De même que son haubert le vêt et protège de toutes parts, ainsi doit-il couvrir et environner Sainte Église, de façon que les méchants ne la puissent atteindre. Son heaume est comme la guérite d'où l'on surveille les malfaiteurs et les larrons de Sainte Église. Sa lance, si longue qu'elle blesse avant qu'on atteigne celui qui la porte, signifie qu'il doit empêcher les malintentionnés d'approcher Sainte Église. Et si l'épée, la plus noble des armes, est à deux tranchants, c'est qu'elle frappe de l'un les ennemis de la foi, de l'autre les voleurs et les meurtriers ; mais la pointe signifie obéissance, car toutes gens doivent obéir au chevalier : et rien ne perce le cœur comme d'obéir en dépit de son cœur. Le cheval enfin est le peuple, qui doit porter le chevalier et fournir à ses besoins, et être au-dessous de lui, et qu'il doit mener à sa guise pour le bien.

« Il faut qu'il ait deux cœurs : l'un dur comme l'aimant pour les déloyaux et les félons, l'autre mol et flexible comme la cire chaude pour les bons et les débonnaires. Tels sont les devoirs auxquels on s'engage envers Notre Seigneur en recevant la chevalerie, et mieux vaudrait à un valet rester écuyer tout son âge, que de se voir honni sur terre et perdu pour Dieu.

— Dame, dit Lancelot, si je trouve quelqu'un qui consente à me faire chevalier, je ne craindrai pas de l'être, car Dieu voudra peut-être me donner les qualités qu'il y faut, et j'y mettrai tout mon cœur, et mon corps, et ma peine, et mon travail.

— En nom Dieu, dit la Dame en soupirant, votre vœu sera donc accompli sous peu. Et c'est parce que je le savais que je pleurais quand je vous vis. Vous serez adoubé par le plus prud'homme qui soit.

De longtemps, elle avait préparé toutes les armes qu'il fallait à l'enfant : un haubert blanc, léger et fort, un heaume argenté et un écu couleur de neige, à boucle d'argent. L'épée, essayée en maintes occasions, était grande, tranchante et légère à merveille. Et la lance courte, grosse, roide, au fer bien aigu, le destrier haut, fort et vif, la robe de Lancelot, son manteau fourré d'hermine, tout était blanc, et jusqu'à son escorte, vêtue de blanc, montée sur des chevaux blancs. En cet équipage, accompagnés de Lionel, Bohor et Lambègue, Lancelot et la Dame du Lac se mirent en chemin, le mardi avant la Saint-Jean. Mais le conte récitera plus loin ce qui advint à la cour du roi Artus, et comment Lancelot y fut fait chevalier par la reine Guenièvre, et comment il se comporta. Explicit.